Société des Antiquaires de Normandie

SÉANCE ANNUELLE

à Caen, le 10 Décembre 1891

DISCOURS

DE

M. Gustave LE VAVASSEUR

DIRECTEUR DE LA SOCIÉTÉ

CAEN

HENRI DELESQUES, IMPRIMEUR-LIBRAIRE

RUE FROIDE, 2 ET 4

1893

COMMENCEMENTS

DE

LA LUTTE ENTRE LES ANCIENS ET LES MODERNES

LES DRAMATURGES NORMANDS

L'Argentenois Nicolas Chrétien des Croix

Société des Antiquaires de Normandie

SÉANCE ANNUELLE

à Caen, le 10 Décembre 1891

DISCOURS

DE

M. Gustave LE VAVASSEUR

DIRECTEUR DE LA SOCIÉTÉ

CAEN

HENRI DELESQUES, IMPRIMEUR-LIBRAIRE

RUE FROIDE, 2 ET 4

—

1893

Extrait du Bulletin de la Société des Antiquaires de Normandie,
tome XVI.

COMMENCEMENTS

DE

La Lutte entre les Anciens et les Modernes

LES DRAMATURGES NORMANDS

L'Argentenois Nicolas Chrétien des Croix

En 1552, entre la fructueuse campagne des Trois-Évêchés et le glorieux siège de Metz, un grand théâtre avait été dressé à Paris, dans la cour de l'Hôtel de Rheims. L'échafaud était magnifique, et quand le triomphant et chevaleresque roi Henri Second eut pris place sous le dais que lui avait réservé et peut-être brodé de sa main l'ordonnateur de la fête (1), celui-ci s'avança en tenue de Prologueur et dit au Roi :

« Nous t'apportons (ô bien petit hommage!)
Ce bien peu d'œuvre ouvré de ton langage.
Mais tel pourtant que ce langage tien
N'avait jamais dérobé ce grand bien
Des auteurs vieux. C'est une tragédie
Qui d'une voix et plaintive et hardie
Te représente un romain Marc-Antoine
Et Cléopâtre égyptienne Royne ! »

Il ajouta quelques vers pour expliquer la pièce et se retira prestement pour aller s'habiller en reine d'Égypte, pendant que l'ombre d'Antoine déclamait les cent-six vers de son monologue.

La Cléopâtre fut applaudie un peu de confiance par la cour et la ville. Diane protégeait les lettres et le Roi, jaloux de récompenser

« Les bons esprits que son père forma,
Qui les neufs Sœurs en France ranima »,

tira de son escarcelle cinq cents écus qu'il donna à Étienne Jodelle. C'était le triomphe des auteurs et des acteurs, du coryphée Jodelle, du comparse La Péruse, du gentil Remi Belleau, de Ronsard-Apollon, écolier d'hier, maître aujourd'hui, à la veille de passer dieu. Sa grandeur et l'approche de la trentaine le retenaient au rivage. Spectateur malgré lui, il se taillait un rôle dans la pièce de demain et se préparait à enfourcher son bouc pour l'offrir à l'immortel restaurateur de la tragédie (2). Fraîchement sorti des bancs du collège Coqueret, Ronsard était, sans s'en douter, ainsi que ceux de sa pléïade, le complice de la routine, le champion classique des anciens dans la lutte obstinée et presque toujours victorieuse qu'ils soutiennent depuis trois cents ans contre les modernes.

Le règne inauguré par la révolution littéraire était si bien celui du grec et du latin que Pierre Galland, grand latiniste, chanoine de Notre-Dame et principal du collège de Boncourt, ouvrit ses portes à deux battants pour une seconde représentation du chef-d'œuvre classique de Jodelle, en présence de la fine fleur des humanistes. Il était d'ailleurs bien aise de protester contre ce bélitre de Ramus, de son amour pour les représentations théâtrales (3).

A cette représentation, d'une fenêtre voisine de celle occupée par Étienne Pasquier et Turnèbe (4), ou perdu dans la foule des jeunes auditeurs, assistait sans doute un écolier de Normandie qui fut depuis l'honneur de notre magistrature et de nos lettres et demeura, plus que Malherbe, sans contredit, plus que Bertaut même et tous les autres, imprégné de l'air natal.

« Jodelle, *moi présent*, fit voir sa Cléopâtre »,

dit notre Vauquelin de la Fresnaye évoquant des souvenirs d'un demi-siècle au livre second de son *Art Poétique*. Sainte-Marthe et Toutain étaient de trop vieux amis, Robert Garnier était véritablement trop « savant et copieux » pour ne pas être loués de leur savante rhétorique ; mais notre sagace vulgarisateur

« Des beaux enseignements de l'art de poésie »

n'a pris à Horace que son cadre et son titre. Il ne voit pas sans peine les poètes tourner en rond dans l'empyrée et l'esprit humain s'enfermer dans la cage de l'imitation grecque et latine. Tout en invoquant les Neuf Muses, tout en cueillant « les fleurs des féconds jardinets du Pimpie et du Permesse », il fait bon marché de la défroque de la fable et des divines marionnettes de l'Olympe :

« Les vers sont le parler des Anges et de Dieu,
La prose, des humains. Le Poète, au milieu,
S'élevant jusqu'au Ciel, tout repu d'ambroisie,
En ce langage écrit sa belle poésie. »

Moins systématique, moins puéril que son correcteur et quelque peu plagiaire Boileau, plus vraiment poète que lui, il s'écrie :

« Plût au ciel que, tout bon, tout chrétien et tout saint,
Le François ne prit point de sujet qui fût feint !
Les anges à milliers, les âmes éternelles,
Descendraient pour ouïr ses chansons immortelles ! »

Et il ajoute :

« C'est déjà trop longtemps cette Muse invoqué
Qui rend d'un court plaisir un bel esprit moqué,
Sur l'Hélicon menteur couronnant les perruques
De lauriers abuseurs, flétrissants et caduques...
Il faut monter au ciel sur l'aile du penser. »

Ailleurs, Vauquelin fait appel aux poètes et les invite à célébrer les gloires nationales. En attendant, il regrette les vieux mystères et les drames bibliques :

« Hé! quel plaisir serait-ce à cette heure de voir
Nos poètes chrétiens les façons recevoir
Du tragique ancien et voir à nos mystères
Les payens asservis sous les lois salutaires
De nos saints et martyrs et du Vieux Testament
Voir une tragédie extraite proprement. »

— « Si l'on avait suivi les conseils du bon vieux poète normand, dit judicieusement un critique moderne, normand et poète comme celui qu'il cite avec une patriotique complaisance, « la France chrétienne aurait eu un théâtre chrétien, et par suite national » (5).

Peut-être n'a-t-il pas tenu aux Normands que ce beau rêve n'ait été réalisé. Ils avaient recueilli la lyre de Ronsard et le « flageol des musiciens de la Pléiade. » Ils avaient accordé leurs instruments en virtuoses circonspects du pays de sapience et de prudence. Ils étaient sans rivaux dans la poésie lyrique. Moins en vue, moins heureux, moins habiles peut-être, ils s'essayaient en foule à l'art dramatique que la révolution classique avait étourdiment et brutalement laïcisé. Éclectiques pour la plupart, en vrais fils du terroir, ils tâtaient du profane et du sacré. En s'essayant dans la voie tracée par Guillaume Tasserie (1520), Thomas Le Coq, prieur de la Sainte-Trinité de Falaise, n'avait pas sérieusement défendu la cause des mystères et de l'ancien théâtre. Jean Behourt ne faisait représenter, à son collège des Bons-Enfants de Rouen, l'*Esaü* qu'après la *Polyxène* (1597) et l'*Hypsicratée*. Plus hardi, plus conséquent avec lui-même, plus dévot peut-être, plus obscur sans contredit, Ouyn de Louviers prit cette année-là même le privilège d'impression pour son unique tragi-comédie de *Thobie* (6).

Les conseillers et avocats au Parlement de Normandie rimaient dans le tas des poètes. Jean de Hays se contentait des sept actes de sa *Cammate* (1597) et d'un essai de pastorale. Jacques du Hamel essayait de dramatiser le roman dans son *Acoubar* (1586), et cherchait à « extraire » proprement de la Bible son *Sichem ravisseur* (1600) (7).

Les apothicaires se souvenaient de l'examen obligatoire de grammaire subi par les aspirants apprentis. Albin Gaultier d'Avranches se lançait dans la Pastorale, fort en vogue à son heure, et dédiait à un prélat italien son *Union d'amour et de chasteté* (1606), tandis que Riqueur, de Séez, se contentait de ferrailler en gentilhomme et de rimer en poète bucolique (8). Heureux entre tous leurs confrères, ces praticiens lettrés, d'avoir trouvé d'aimables et savants biographes dans nos sympathiques confrères, MM. de Beaurepaire et de la Sicotière.

Apothicaire ou partisan, aventurier ou dramaturge, catholique ou huguenot, le plus éclectique et le plus célèbre fut Monchrestien de Vatteville. De la *Sophonisbe* à l'*Hector*, il essaya de tous les genres. Comme les écoliers classiques, grands ou petits, il commença par versifier une mauvaise *Sophonisbe*. Plus tard, il s'acharnait aux *Lacènes*. Il tirait de son mieux *David* et *Aman* de l'Ancien Testament et, le premier, tentait avec l'*Ecossoise* la mise en scène de l'histoire nationale. Ce touche-à-tout fit même une bergerie en prose (9).

Les vrais gentilshommes rompirent eux-mêmes des lances dans le tournoi poétique. Jean Le Saulx, d'Espannay (1600), pris d'une fièvre subite, composait en trois jours une tragédie romantique, *Adamantine* ou *Le Désespoir*, qu'il dédiait à son voisin, messire Gilles de Séran, seigneur d'Andrieu, de Canivet et d'Iclon. C'est avec une certaine précaution et *salvâ reverentiâ* qu'il faut se lancer dans l'examen du théâtre d'un autre Falaisien, Trotterel, sieur d'Aves, qui, sans scrupule et sans vergogne, abordait tous les genres, depuis la tragédie sacrée de *Sainte-Agnès*, jusqu'à la farce violemment épicée des *Corrivaux* (1606-1627).

Jacques de Champrepus, que la piété familiale d'un descendant a remis en lumière, il y a quelque vingt-cinq ans, s'en tenait à sa tragédie d'*Ulysse*; mais il constatait, le sonnet à la plume, le succès de la *Polixène* de Behourt et du *Saint-Clouaud* de Jean Heudon (11).

Il est lui-même enguirlandé d'un sonnet liminaire de Nicolas de Montreux, qui fut la mouche du coche des écrivains de son temps, leur admirateur et leur ami, si l'on en croit les nombreuses pièces dont il encombre les premières pages de leurs œuvres.

Demi-normand, demi-manceau, fils du sieur de La Mesnerie, maître des requêtes du duc d'Alençon, il commença par abriter sa pudeur littéraire sous le voile transparent et un peu pédant d'*Olenix du Mont-Sacré*, fit une douzaine de pièces de théâtre, tragédies, comédies, pastorales, etc., se répandit en vers et en prose de 1577 à 1608, composa des romans et des ouvrages de toute sorte au goût du jour. Il paya son tribut à l'école classique en assaisonnant à sa mode une Cléopâtre (1594) et une *Sophonisbe* (1601). Il façonna en tragédie le début du XXIIe livre du Roland furieux de l'Arioste et l'épisode de la mort d'Isabelle. Plus heureuse que cinq ou six de ses pièces restées inédites, bien que deux aient eu les honneurs de la représentation en 1561, sa comédie de *Joseph le Chaste* fut imprimée en 1601 chez Raphaël du Petit-Val. Toutefois, elle laissa inaccompli le souhait de Vauquelin, comme les autres du même genre, comme le *David* de Montchrestien, malgré les efforts et la demi-bonne volonté des auteurs dramatiques et en particulier des éclectiques normands.

En ce temps-là vivait et rimait avec l'abondance

et le laisser-aller de ses contemporains, un Argentenois, Nicolas Chrétien, sieur des Croix. Un écho venu de Caen ou de Falaise lui avait-il apporté la leçon de notre Vauquelin ? Trouva-t-il en lui-même l'élan national et sacré qui l'entraîna loin des imitations grecque et latine ? Mᵉ Gilles Pothier, qui « régentait les eschollles d'Argenthen », de 1567 à 1582, était-il un pauvre humaniste ? Les quatre régents, Christophle Loisel, Jehan Loison, Joseph du Tertre et Jacques Morand, qui enseignaient au « colège » pendant la Ligue (1585-1589), manquaient-ils de science communicative ou de fanatisme classique ? L'un d'eux au moins, Christophle Loisel, régent à « XL escus par an » et peut-être déjà curé d'Aunou, comme Gilles Potier était curé de la « Magdaleine », savait le grec et le latin, puisqu'il dédiait à la jeunesse studieuse ses distiques latins destinés à fixer dans la mémoire des écoliers les paroles dorées des sept sages de la Grèce. Si les initiales G. P. désignent suffisamment Gilles Potier dans le distique liminaire de *Rosemonde*, le recteur se permettait des licences de quantité, mais louait son élève de sa science et de son patriotisme (13). Quoi qu'il en soit, il semble que le mépris de la défroque classique et le choix des sujets aient été de parti pris chez Nicolas Chrétien. L'ami Nicolas de Montreux, qui n'avait pas les mêmes scrupules, les signale et les loue expressément.

« Chrétien, à l'ombre de tes croix,
Melpomène s'est enhardie
D'entonner sur sa forte voix
Cette chrétienne tragédie.

Plusieurs poètes de ce temps
Enflent leurs vers de vaines fables,
Mais ils ne feront teste aux ans
Comme les tiens, tous vénérables.

Tes Portugais infortunez,
Œuvre d'une plume céleste,
Plaisent aux esprits les mieux nez
Plus qu'Ajax, Atrée ou Thyeste.

Rosemonde et son Albouin.
Miroirs de la sainte justice,
Par ton artifice divin,
Font d'un mal craindre le supplice.

L'exécrable inceste d'Amnon
Dont tu peins si bien la vengeance,
Plus que la mort d'Agamemnon,
Témoigne de Dieu la puissance.

Le cantique doctement beau
Comme le rapt de ton céphalle
Seront, dédaignant le tombeau.
Chéris d'une race royalle.

Tandis que l'Orne Argentenois
Se déchargera chez Nérée,
Les estrangers et les François
Priseront ta Muse sacrée. »

Les trois tragédies, le cantique et la pastorale

nommés ci-dessus ne constituent pas l'œuvre entière de Chrétien des Croix. La *Bibliothèque du Théâtre-Français* signale une cinquième pièce : *Les Amantes* ou la *Grande Pastorelle*. C'est là, comme nous le verrons, le principal titre de Chrétien des Croix au souvenir de la postérité.

Le *Jephté* qu'on lui attribue et dont on ne retrouve pas la trace pourrait bien être le *Jephté* de Buchanan, traduit en 1589, par Florent Chrétien, malgré une date d'impression, en 1615, donnée par certain catalogue (14).

La Bibliothèque Nationale possède un exemplaire des tragédies de Nicolas Chrétien, mais incomplet. *Amnon et Thamar* manquent. On a rassemblé en un seul volume les *Portugais infortunés*, la *Rosemonde* et le *Ravissement de Céphale*. On y a joint le *Cantique* et la *Grande Pastorelle*. Ainsi que cela semble résulter de l'examen d'un exemplaire séparé d'*Amnon* dont je dois la communication à la vieille amitié d'un de nos anciens directeurs, M. de La Sicotière, les quatre premières pièces paraissent avoir été imprimées à Rouen, en 1608, chez Théodore Reinsart. La *Grande Pastorelle* porte la date de 1613 et le nom du libraire Raphaël du Petit-Val. Il faut que l'ouvrage soit rare. Des interversions de pagination rendent difficile la lecture de certains passages, notamment dans le premier intermède : *La Conversion du roy Clovis*. L'exemplaire imprimé est incomplet. Les cinquante derniers vers sont manuscrits, d'une écriture postérieure à l'imprimé, d'une calligraphie et d'une orthographe qui paraissent lui assigner la date du commencement du XVIIIe siècle. C'est à Orléans, si je ne me trompe, que M. Tivier, alors professeur à la Faculté des Lettres de Besançon, eut communication de l'exemplaire dans lequel il a puisé les citations de son *Histoire de la littérature dramatique*, publiée en 1873 (15).

Mettre en scène la lamentable histoire des *Portugais infortunés*, c'était protester contre la tradition classique, c'était même devancer le vœu de Vauquelin. L'aventure était presque contemporaine, le dénoument tragique du naufrage d'Emmanuel Souza de Sepulveda ayant eu lieu en 1553 (16).

Comparée à l'*Agamemnon* et au *Thyeste* de Roland Brisset, la tragédie des *Portugais infortunés* pouvait être un régal pour « les esprits bien nés. » Mais il fallait tout le lyrisme d'un flatteur banal pour y trouver

« L'œuvre d'une plume céleste »,

bien que la pièce soit dédiée à R. P. en Dieu, Claude du Bellay, abbé de Savigny.

Peut-être Chrétien des Croix pensait-il, comme Pierre Corneille l'insinuait quelque soixante ans plus tard, qu'Aristote, Horace et leurs commentateurs ont plutôt considéré l'art dramatique en philosophes et en grammairiens qu'en poètes, peut-être n'avait-il cure d'Aristote ni d'Horace. Les *Portugais infortunés* ont un prologue, des chœurs, cinq actes, sans division de scènes. L'auteur vivait heureusement avant la promulgation de la règle des trois unités, cette sorte de Loi Salique de la littérature dramatique que le besoin national d'obéir sans savoir pourquoi, sauf à se révolter sans motif, a fait considérer à nos maitres comme un article de foi; mais, quelque indépendant qu'il parût être, il obéissait au goût de son temps. Il s'attarde à d'interminables tirades, véritables exercices déclamatoires, sans songer à la marche de l'action. Les *Portugais infortunés* semblent la contre-partie de la *Théagène et Cariclée* de Hardy (1601), qu'un ami de Chrétien des Croix, encore plus inconnu que lui, puisque la plupart des ouvrages spéciaux le passent sous silence, Octave César Genetay de La Gilleberdière, tenta de réduire en une seule pièce quelques années plus tard (1609). L'infatigable et fécond parisien a découpé en huit journées de chacune cinq actes et mis en vers le roman d'Apollodore tout entier. Chrétien a suivi pas à pas, presque mot à mot, le récit consigné dans l'*Histoire des Naufrages*. En argot théâtral moderne, ce sont des tableaux et non des actes. Et quels tableaux! Ont-ils eu des spectateurs? Comment concilier avec la décence la plus élémentaire la nudité absolue des acteurs et le jeu de scène d'Éléonore qui s'enfouit à moitié dans le sable ? On aurait peine à se figurer la montre d'un pareil spectacle, si les pièces du temps n'en présentaient d'analogues, et si, quinze ans après, un contemporain et compatriote de Chrétien, Trotterel d'Aves, n'avait pris de plus incroyables licences dans sa tragédie sacrée de *Sainte Agnès*. Quoi qu'il en soit, la décence et la chasteté semblaient à cette époque si indépendantes l'une de l'autre dans les mœurs théâtrales que, d'accord avec Nicolas de Montreux, un anonyme qui signe : J. A., après avoir mis Chrétien au-dessus du classique Garnier, ne craint pas de lui dire :

« Que vous êtes heureux, Portugais, Albouïn,
Amnon et vous Thamar que Chrétien fait revivre,
Car son style qui est parfaitement divin
De la Parque et du Temps, docte, vos noms délivre. »

La seconde (17) tragédie de Chrétien des Croix est intitulé : *Albouin*, dans l'exemplaire de la Bibliothèque Nationale et : *Rosemonde* ou *la Vengeance*, dans celui de M. de La Sicotière, ce qui implique au moins deux éditions de la pièce. Les sonnets et quatrains liminaires sont à peu près les mêmes. Alboin est dédié : *à Monsieur de la Saucerie, maistre d'hostel ordinaire du Roi, sieur du Hamel, Moëssé, Montécot, Rubesnard,* etc.

L'auteur se déclare incapable et indigne de célébrer les vertus et les mérites de son Mécène.

Il laisse à d'autres le soin de remplir des volumes « du los de sa valeur, magnanimité, prudence, accortise et générosité. » Il constate entre parenthèse que le seigneur du Hamel est un « des plus adroits cavalerisses (18) de son siècle. » Il lui consacre « la Rosemonde, habillée à la moderne » pour qu'il en favorise la représentation et couvre « de l'ombre de ses vertus la plus part de ses vices qui la rendraient odieuse. » Aussi, « dit-il en finissant, ce me sera donner sujet de rensanglanter par mes vers les théâtres que, les années passées, j'animai près de votre Saucerie d'Argentan. Ce 23 may 1602. »

Quels étaient ces théâtres et cette « Saucerie » que Claude Doysnel, écuyer, sieur du lieu, demeurant au manoir seigneurial du Hamel, paroisse de Marmouillé, avait à Argentan?

Le *Bulletin de la Société historique et archéologique de l'Orne* (tom. VII, 2e bulletin 1888) renferme une très sérieuse étude de M. du Motey, sur la *Représentation des Mystères à Argentan, au XVIe siècle, et la Frairie des prêtres*. Cette frairie, déjà signalée par l'abbé Laurent, dans son *Histoire de Saint-Germain d'Argentan*, et qui s'appuyait sur une bulle du Pape, représenta pendant cent ans « l'histoire de la Passion et le martyre d'autres saints, dans l'octave de la Fête-Dieu. Le talent des acteurs était passé en proverbe. Puis la Foi, battue en brèche par la réforme, ayant perdu sa naïveté, la représentation des mystères dégénéra en scandale jusqu'à l'interdiction des jeux signifiée aux prêtres de la « confrairie » par ordonnance de l'évêque du Moulinet, en 1600.

Si les représentations sacrées étaient tombées en désuétude, le goût du théâtre subsistait à Argentan. Si la *Rosemonde* n'obligeait pas les acteurs à élever un échafaud sur la place de *la Grande-Croix*, ils avaient à leur disposition la grand'salle des Jacobins (19). L'auteur était presque canonisé, si l'on en croit l'inévitable Nicolas de Montreux :

« Tu dis bien, tu fais bien, tu contentes, tu plais,
Et mieux que tu ne dis en tes œuvres tu fais
Tant que, disert et docte, on t'entend, on t'admire...
...Ainsi tu ne mourras que pour être divin. »

Les pièces liminaires abondent en tête de la *Rosemonde* et, comme toutes leurs pareilles, éveillent la curiosité. Le distique latin doit être de Gilles Potier. Nous ajustons, sans trop éplucher la petite bête, l'anagramme de : *Reste la Muse florie* avec le nom de Simon Le Forestier, le châtelain de Bellou, l'ami de Vauquelin et de Nicolas de Montreux, le même peut-être qui, haut justicier de la Carneille, jugeait en sa vieillesse de si singuliers procès après avoir rimé dans sa jeunesse des sonnets de complaisance en l'honneur de ses amis (20). Le nom d'Oger Morteraye, « avocat argentenois », nous rappelle qu'un notable, clerc ou procureur.

du nom d'Étienne Oger, est nommé dans une délibération de 1588 au sujet de la célébration des messes de fondation à Saint-Germain d'Argentan à côté du curé Jean Le Mol. Mais quelle est cette Lancelote de Fonteneil qui exhale un si méchant sonnet peu de temps avant son trépas ?

Est-ce que les dames et les demoiselles applaudissaient et lisaient *Rosemonde ?*

Elles en écoutaient bien d'autres, nos grand-tantes et nos mères-grand. *Rosemonde* est presque convenable d'un bout à l'autre et l'on n'y trouverait pas le plus petit mot pour rire ou pour rougir, comme cela convient à une honnête tragédie, sans une certaine scène entre Pérédée et Barcée. Il est probable que l'auteur, fatigué de tant de philosophie, d'héroïsme et d'ennui, semés à grosses poignées tout le long de la pièce, a voulu se dérider et se dégourdir un instant. Ne jugeons pas sa galanterie sur nos pudeurs et nos délicatesses.

En somme, ni action, ni coups de théâtre. De la déclamation à longs jets et à pleins bords. Le peu d'intérêt de l'histoire abominable mise en scène est encore diminué par les expositions et les explications sans fin, données par les personnages dans des vers sans éclat et sans clarté. Çà et là pourtant, des éclairs. Un tel besoin de patauger dans l'horrible, que le naïf Chrétien, dans son argument, après avoir expliqué comment et pourquoi trépassent les acteurs principaux, ajoute : « Ainsi meurent Rosemonde et Almachilde que Pérédée suivit tost après ; comme fist Barcée, sa maistresse, qui se tue en entendant les nouvelles de sa mort, *pour envelopper davantage la catastrophe de choses funèbres.* » Ce que ne dit pas l'auteur, par modestie peut-être, c'est la façon dont l'aimable personne galantise avec le poignard et la mort. C'est un égorgement fleuri, un suicide par persuasion où tout jusqu'à : « Je me tue », se déclame tendrement.

« Tu as peur, ô ma main ? ô main, tu as donc peur
Puisque tu laisses cheoir ce poignard meurtrisseur !
Renforce-toi, ma main, et le lève de terre
Puis tout soudainement l'estomac m'en enferre.
Attends-moi donc, ami Pérécièe, attends-moi
Et mon esprit dolent auprès de toi reçoi.
C'est la raison qu'ayant nos cœurs unis ensemble,
Un même sort aussi nos deux âmes assemble ..

Entre donc dans mon sein, ô poignard ôte-vie,
Et que ma vie soit tout à ce coup ravie !
Hà, hà, c'est fait de moi ! Barcée va mourir
Et son âme s'en va vers son objet courir. »

Si Longin ne se tue pas, c'est qu'il faut quelqu'un pour tirer la morale de la pièce :

« O combien des humains la morale est diverse
Et comme le Destin grands et petits renverse !
Nous montons pour descendre et fleurissons aussi
Pour fennir et sécher en ce bas monde ici. »

La leçon avait déjà été donnée avec moins de

banalité et en vers assez coulants par le chœur du 3e acte.

« Celui qu'on voit couronné de victoires,
Qui s'est acquis tant de fameuses gloires,
Du vulgaire est dit bien heureux,
Mais s'il ouvrait les cachots de son âme,
Il trouverait qu'un Mont-Gibel l'enflamme
Plus que cil qu'on dit malheureux.

N'appelons point heureuse la personne
Qui en honneurs et en grands biens foisonne
Et qui n'a de contentement.
Plus heureux est qui avec la sagesse
Use des biens dont Dieu lui fait largesse
Et qui de peur vit sans tourment. »

Si Chrétien des Croix n'a pas été enseveli dans le plus profond oubli, il l'a dû longtemps à son extrait de *Rosemonde* et à un vers du *Ravissement de Céfale*. Les recueils d'anecdotes dramatiques lui ont fait le périlleux honneur de citer le dialogue d'Almachilde et de Rosemonde à la scène de l'empoisonnement. D'ordinaire, ils ne manquent pas de le tronquer et de l'arranger à leur façon pour les besoins de leur critique et de leur dérision. On en trouvera en note une version conforme à l'original (21).

Ce qu'ils ne reproduisent pas, c'est l'agonie de Rosemonde. Elle aussi, au milieu des tortures qui lui déchirent les entrailles, madrigalise avec la mort :

« Adieu, lambris voûtés et vous, nuiteux flambeaux,
Qui redorez les cieux de cercles d'or si beaux,
Recevez ces adieux et ces plaintes dernières !
Car je ne verrai plus vos plaisantes lumières ?
Et toi, brave Longin de qui l'ardente amour
M'a fait si promptement trouver mon dernier jour,
Reçois l'aveu dernier de cette pauvre reine,
Qui pour te trop aimer dans le tombeau se traine.
Adieu pour tout jamais ! »

Tout cela sans doute charmait et transportait les spectateurs du temps. Six ou sept ans après Nicolas Chrétien, Billard de Courgenay tentait de remettre au théâtre cette tragique histoire d'Alboin et de Rosemonde, tirée des « gestes des Lombards », de Paul Diacre. Balthasar Baro la ressuscitait en 1650, un peu tard à la vérité. Les acteurs déclamaient à pleins poumons en secouant leurs victorieux panaches, les actrices faisaient rage et merveilles ; les spectateurs ne leur marchandaient pas le « brouhaha », et quand vinrent pour le théâtre français l'âge de raison et l'heure du triomphe de l'impitoyable Corneille, la Beaupré regrettait, à bon escient, « les pièces misérables que les comédiens excellents faisaient valoir par la représentation » (22).

Les commentateurs et les critiques, qui ont jeté un regard de pitié sur les dédaignés et les oubliés de l'histoire dramatique, se voilent tous la face devant la troisième tragédie de Chrétien des Croix, *Amnon et Thamar*, révoltés, se disent-ils par l'inconvenance du sujet et la crudité de la mise en scène.

Il serait difficile et délicat d'entreprendre, devant un auditoire respectable, l'analyse et le panégyrique de la tragédie d'*Amnon*. L'excuse de l'auteur est tout entière dans les mœurs dramatiques de son époque. Si le sujet d'Amnon et Thamar est plus révoltant que celui de David et de Bethsabée, il n'est pas plus scabreux. Il y aurait de curieux rapprochements à faire entre les deux pièces contemporaines des deux compatriotes et quasi homonymes Nicolas Chrétien des Croix et Anthoine Montchrétien de Vatteville (23). Quant à la mise en scène, elle est moins inconvenante que celle du *Scédase* de Hardy qui fut certainement représenté à l'hôtel de Bourgogne en 1604, et resta vraisemblablement au répertoire comme toutes les pièces du même auteur.

Toutes réserves faites, on ne saurait d'ailleurs, sans déni de justice, refuser un certain mérite littéraire à la pièce d'*Amnon*. C'est le meilleur ouvrage dramatique de son auteur. Si l'action est confuse, le développement des caractères est remarquable. Amnon parle moins bien, mais pense comme Phèdre. Le choix du sujet a même permis à Chrétien de dramatiser la tentation et de faire parler le bon et le mauvais ange, heureuse diversion aux monologues prolongés de la conscience. Jonatas est un drôle complexe, un composé de

Narcisse et de Sénèque, très nature, très étudié, plus vivant et plus complet que le Nadab du David de Montchrestien. Thamar est à la fois biblique et antique. Ses plaintes sont prolixes, mais ne manquent ni de lyrisme ni de grandeur. J'ose à peine indiquer le sentiment d'Amnon, saisi à la fois du remords de son crime et de l'horreur de sa victime, mais le mouvement est beau, humain et tragique. Le style est touffu, les tirades sont interminables ; le galimathias enténèbre la pensée et l'expression, mais de fréquents éclairs sillonnent cette nue. Le raisonnement et la passion jouent à la raquette et se renvoient le volant, d'abord en couplets de quatre vers, puis en distiques, puis en repliques d'un seul vers, parfois même en saccades d'hémistiches, puérilités prétentieuses et brillantes, plaisantes çà et là. Le bon roi David naturellement psalmodie, mais Chrétien des Croix ne commet pas la même faute que Montchrestien, en lui faisant appeler le Soleil, Phébus

« Dont les chevaux lassés vont prendre leur relâche. »

Nous verrons tout à l'heure qu'un vers prétendu ridicule adressé au Soleil a joué à l'auteur du *Ravissement de Céfale* le mauvais tour de lui infliger une notoriété posthume. Que n'a-t-on cité les vers suivants :

« Est-ce pas le soleil que la voix sainte et monde
De l'éternel des cieux créa pour luire au monde?
N'est-ce pas ce flambeau qui jamais ne se pose,
Qui donne être, nourrit et use toute chose,
Ce feu, premier principe à tous mortels esprits,
Dont les ardents rayons sur le ciel sont épris » ;

et ceux-ci, sur la puissance de Dieu :

« Elle passe au travers de la puissante terre
Comme fait le soleil au travers du beau verre
Lorsqu'il jaunit le ciel et répand en tous lieux
A degrés compassés ses rayons radieux. »

Le cantique de résignation qui termine la pièce est trop long de moitié, mais il renferme de beaux vers, d'un style assez soutenu.

David se résigne à la volonté de Dieu :

« Amnon, tu ne vis plus, Dieu le veut. O que faite
Soit éternellement sa volonté parfaite !
Je ne murmure point contre lui d'emporter
Ce qu'il m'avait donné pour un jour me l'ôter.
Mon fils était à lui, il l'a voulu reprendre,
Je ne m'afflige donc, ô Dieu, de te le rendre.....
Console-toi, David, c'est pour un bien que Dieu
A tiré ton enfant de ce terrestre lieu,
Ou, afin qu'il ne vît nos misères futures,
Ou, de peur que le vice empirât ses natures,
Ou pour le bien punir, car Dieu venge les torts
Par les divers aciers de cent diverses morts
En l'une et l'autre part ; il est mort, mais j'espère
Que, comme je lui fus, Dieu lui sera bon père,

Que son sang répandu dont il a satisfait
A l'arrêt de la mort lavera son forfait.

Car Dieu qui remet bien la coulpe fréquentée
Mais qui n'en remet point la peine méritée,
Pour être juste en tout lui pourra pardonner
Puisqu'il le voit puni et son ciel lui donner.
Or repose, mon fils, dans le sein de tes pères
Pendant que sans repos paraîtront mes misères.
Vis auprès d'Abraham comme je fais, hélas !
Auprès de la douleur qui poursuit mon trépas » (25).

Ces sentiments sont évidemment supérieurs aux doléances des fatalités antiques et aux déclamations du théâtre classique. C'est plus pathétique que les lamentations alternées d'Ismène et d'Antigone sur la mort d'Etéocle et de Polynice (Eschyle, *7 chefs devant Thèbes*), que les imprécations d'Electre et d'Oreste (Id., *Choéphores*), que le distique sec d'Agamemnon, dans l'*Iphigénie* d'Euripide (26). Si le style n'est pas divin, le souffle est sacré et, par certain côté, Chrétien mérite la part d'immortalité que lui promettent ses amis (27).

Les naïfs érudits de mon jeune âge, non sans une certaine suffisance et un naïf contentement d'eux-mêmes, chiffonnaient au hasard du crochet et faisaient hotte de petits papiers sans trop en contrôler la valeur. Chrétien des Croix leur était connu par ce seul vers ridicule et réaliste adressé au soleil :

« Souverain roi des célestes chandelles. »

C'était un petit succès de fou rire.

Ce vers baroque se trouve effectivement dans le *Ravissement de Céfale*.

On lit, au sujet de cette pièce, dans la *Bibliothèque du Théâtre-Français :*

— « Le spectacle de cette pastorale devait être magnifique et surpasser la pompe de nos opéras. »

On lit d'autre part, dans les *Mémoires de l'Estoille*, à propos des réjouissances données à Florence pendant la première quinzaine d'octobre 1600 à l'occasion du mariage de Marie de Médicis : — « Le lundy, 9 d'octobre, il fust joué une comédie en cinq actes dont les représentations, les machines et l'exécution coûtèrent soixante mille écus. »

Il s'agit probablement de la pastorale traduite par Chrétien et imprimer sous le titre : *Le ravissement de Céfale. pastorale en cinq actes, représentée à Florence aux noces royales. traduite d'Italien en François, dédiée à Mgr le Dauphin.*

Comment et pourquoi Nicolas Chrétien traduisit-il cette pastorale? — Le goût de la pompe théâtrale avait promptement gagné la France, habituée d'ailleurs de longtemps aux exhibitions à grand spectacle.

Le luxe, le raffinement en toutes choses, la prodigalité des Valois, leurs traditions de magnificence lettrée se trouvaient à l'aise dans les splendeurs des décors et l'illusion des machines. Le 15 octobre 1581, à l'occasion des noces du duc de Joyeuse, Baltazarini avait si bien monté le ballet de *Circé* qu'il coûta au roi Henri III 1 million 200,000 écus (28). De 1592 à 1610, on donna à la cour de Henri IV quatre-vingts ballets plus ou moins brillants. La mode des pastorales était venue d'Italie. On sait comment Honoré d'Urfé et plus tard Racan accommodèrent les bergeries à la française en affadissant la galanterie et en substituant la préciosité au libertinage du dialogue. En attendant, tout le monde se jetait dans la bucolique. Les Normands prenaient la houlette. L'inévitable Nicolas de Montreux faisait représenter son *Arimène* le 26 février 1596 en présence du duc de Mercœur (29). On imprimait en 1600, à la suite de ses tragédies, la *Bergerie* mythologique en prose de Montchrestien. Trotterel composait sa *Dryade amoureuse* en 1606. Dans son très curieux livre de *Molière et la comédie italienne*, M. Moland nous apprend que, vers 1600, la troupe des *Gelosi* faisait fureur en Italie; il ajoute: « Lorsque Henri IV épousa, en 1600, la florentine Marie de Médicis, il voulut lui procurer en France les distractions de son pays. Il appela ou accueillit la plus excellente troupe d'artistes comiques que l'Italie possédât alors. C'était encore la troupe de *Gelosi*, toujours dirigée par Flaminio Scala. » C'étaient principalement des bouffons et la quasi sainte Isabelle Andreini parlait d'abondance comme ses camarades. Mais les Italiens n'étaient pas seulement des farceurs. « La beauté des costumes », dit ailleurs

M. Moland, la perfection des décors et des *feintes* ou machines, la musique employée dans les intermèdes et parfois dans les pièces, tout cela faisait connaître à la France un art savant et raffiné qu'elle devait être longtemps encore à attendre d'elle-même. » Parmi les dix tragédies ou pastorales imprimées du théâtre des *Gelosi*, il y en a une, la *Forsennata principessa*, qui entre dans le cadre des pièces de soixante mille écus. « Au deuxième acte, un navire est attaqué par une barque. Un combat se livre entre les gens qui montent la barque et ceux qui sont dans le navire et le navire vainqueur rentre dans le port. Tout cela s'exécute sur la scène. Nous pouvons nous former par là une idée de la science des décors et des machines où les Italiens étaient parvenus, grâce à Baldasare Perruzzi et à ses élèves. »

— « Les *Gelosi*, dit M. Alphonse Royer dans son introduction au *théâtre fiabesque* de Carlo Gozzi, jouaient alternativement avec les comédiens de l'hôtel de Bourgogne sur le théâtre de la rue Mauconseil. C'est en les imitant que Turlupin, Gautier Garguille, Guillot Gorju, Jodelet, Tabarin et Mondor firent les délices du peuple de Paris, charmé de ces improvisations encore grossières, où se croisaient dans un pêle-mêle exhilarant l'italien, le français et l'espagnol... On finit par renvoyer ces comiques italiens, mais beaucoup de leurs types amusants restèrent dans notre comédie classique, qui adopta les Scapin, les Mascarille, les Sganarelle et les immortalisa par vingt chefs d'œuvre. »

Le *Ravissement de Céphale* renferme toutes les qualités des pièces jouées par les *Gelosi*. Le comique n'est pas trop bas. Chrétien, ici comme partout, est relativement chaste (30).

Quant à cette « royauté des chandelles », attribué au soleil et grâce à laquelle notre Chrétien des Croix défile devant la postérité dans le tas des poètes ridicules avec une étiquette grotesque au dos, c'est un péché mignon, si c'en est un. Est-ce une traduction de l'italien ? Toutes les fois que notre honnête traducteur vole de ses propres ailes, il a soin de l'indiquer ; en tout cas, il peut avouer la paternité du vers malencontreux. Si le lecteur le plus bienveillant n'y peut voir une beauté de premier ordre, il lui est facile de le justifier en prenant soin de ne pas l'isoler.

Italienne ou française, la fable ne manque pas d'ingéniosité ; la mise en scène est gracieuse ; le style de l'auteur, perdant sa sécheresse et sa rudesse ordinaires, fleurit au sein de cette mythologie pastorale.

L'Aurore a disparu. Tithon se désole :

« La belle Aurore aux lèvres amoureuses
D'où s'ajournaient mes nuits plus ténébreuses
Devant le temps m'a laissé seul ici. »

Océan s'impatiente. Il interpelle le Soleil qui fait la grasse matinée :

« Pourquoi, Phœbus aux blonds cheveux dorés,
Ne montes-tu vers les cieux azurés ?

Et plus loin :

« A tes coursiers lâche doncques la bride
Et, plein de fougue accortement, les guide.
Qu'ils aillent, fiers, par le ciel galopant.

Le pauvre roi du jour est bien embarrassé. Il y a une lacune dans le cortège des dieux. L'étiquette de la cour céleste s'oppose à ce qu'il marche avant son tour et rang. Il répond, tout penaud :

« Comment le puisse ? Encor n'apparaissant
La belle Aurore aux pieds d'or jaunissant,
Au front pourprin, pour dans l'oblique voie
Servir d'escorte à mon char qui flamboie ?

Il accuse Tithon de la retenir.

« Dans sa couche amoureuse
La caressant et lui forçant le cœur.

L'Amour entre en scène. Un chœur de divinités marines chante sa venue :

« Ce bel enfant que si mignard j'advise,
Qui de rayons si brillants et si doux
Rallume l'air, — c'est l'Amour qui vers nous
Vient d'adventure...
..... Hé ! c'est l'Amour sans feinte,
Voyez son arc et sa trousse bien peinte

Avec son trait blessant mortellement,
Et néantmoins toute âme alègrement
Veut ressentir ses blessures mortelles. »

Amour paraît « doux-rayonnant », prêt à toutes les espiègleries. Mais il ne saurait non plus remplacer l'Aurore. Il est disposé à se mêler à tous les cortèges. à troubler toutes les fêtes ; il ne peut toutefois prendre la place vacante dans la théorie céleste. Son rôle est de se moquer des dieux et non de leur venir en aide. L'occasion est belle de mystifier Phœbus et son attelée. L'Amour se gausse gentiment de la blonde majesté. Il lui conseille de dételer.

« Souverain Roi des célestes chandelles
Qui, tout flammeux, éclaires l'Univers,
Discernant tout par tes rayons si clairs,
Tes beaux coursiers à cette heure débride
Et dans le sein de la campagne humide
Demeure lent, l'Aurore au teint si beau
Ne reviendra te tirer hors de l'eau
Et tu sais bien que sans la jaune Aurore
La nuit ne peut le jour luisant éclore. »

La « Jaune Aurore » est-elle traduite de l'italien ? J'en doute. Peintre fidèle de la nature observée, notre bon Normand ne pouvait voir se lever derrière les arbres de la forêt de Gouffern l'Aurore « rubescente » de Virgile ; elle n'ouvrait pour lui comme pour Ovide les « purpureas fores » du jour et les « Atria plena rosarum ». Elle avait « les pieds d'or » et le front seulement « purpurin ». Quant au « souverain roi des célestes chandelles », il peut être indifféremment ultramontain ou cisalpin. Il est joyeux et goguenard et, s'il fallait absolument le prendre au sérieux, il se réfugierait sous l'aile de l'impeccable Malherbe qui, sans rire comme toujours, appelait vers le même temps (1605) le soleil *un grand luminaire.* Le premier qui s'est moqué du vers de Chrétien des Croix n'avait sans doute lu ni ce qui précède ni ce qui suit. Le second merle a sifflé d'écoute et ainsi les autres à la suite. Ces sortes de choses arrivent parfois dans la critique littéraire (31).

Chrétien fut-il Ligueur ? Rien ne le fait supposer. Huguenot ? Tout indique le contraire. Politique ? Sans doute, puisqu'il était normand. C'était un esprit positif et de conduite prudente. Il louait sans emphase. Son *Cantique à Mgr le Dauphin pour le jour de son baptême* n'a rien de pindarique. C'est une épître respectueuse, où la louange obligée est discrète. L'éloge du Roi est simple et digne. Rien du triple talent. Comme des Yveteaux et Bertaut, il plaide noblement la cause des lettres.

« Jamais ne fut un Roi si glorieux, si sage,
Si clément, si courtois, si garni de courage.
La Paix et la Justice ensemble il fait régner
Avec les doctes sœurs pour le vice opugner ;

Il a remis les Arts en leur libre franchise
Quand la neufvaine troupe en France il a transmisé.
Grèce et Rome jamais n'eurent tant de savoir
Comme en sa France seule il veut en faire voir. »

La prosopopée évoque l'âge d'or. La description est naïve. Le style est assez pur.

« Ce ne sera partout que Douceur, que Clémence,
Qu'Amour, que Piété, qu'Honneur, qu'Éjouissance.
Les louanges de Dieu, par mille chants divers,
Sans cesse on entendra résonner par les airs.
Les champs ne produiront, opulemment fertiles,
Sans être cultivés, que fruits à l'homme utiles;
L'ortie et le chardon seront changés en fleurs
Comme en joie et en ris les sanglots et les pleurs.
Ce qui est de plus rare en l'Indienne terre
Et ce que l'Arabie en son giron resserre,
La Muscade, le Clou, la Cannelle et l'Encens
A l'envi l'on verra par les Gaules croissants;
Par ordre les saisons se suivront favorables
Sans être aucunement à l'homme domageables :
Le Printemps doux riant et l'Été sec et chaud,
L'Automne vendangeur tempéré comme il faut
Et l'Hiver froidureux à la perruque grise
De richesse feront naître une manne exquise. »

Depuis le souhait de Virgile et les *roscida mella* qu'en l'âge d'or doivent suer les *duræ quercus*, les poètes ont, chacun à sa façon, évoqué le rêve de leurs délices, mais s'en est-il jamais rencontré un plus naïf et plus honnête que celui qui voit croître dans son paradis de Mahomet la muscade, la cannelle et le clou de gircfle ?

Il faut lui pardonner si son espérance s'égare un peu et s'il va jusqu'à dire au bon roi Henri :

« Or, mon prince, pendant que vous augmentez d'ans,
Faites que votre Altesse agrée les présents
Qu'humblement lui feront les filles de Mémoire
Pour chanter vos honneurs et votre belle gloire
Et qu'à l'ombre sacré de vos beaux rameaux verts
J'entonne sur ma lyre un million de vers ! »

Et, pour que l'on ne confonde pas ce souhait avec celui d'un poète gascon, il signe. — N. Chrétien des Croix, Norm. (and) Arg. (entenois).

Un million de vers !

Ne vous semble-t-il pas entendre le caustique Malherbe, qui tirait volontiers sur ses troupes, dire en grognant et en crachotant, suivant son habitude :

— Pourquoi pas neuf cent quatre-vingt-dix-neuf mille ?

Et l'Argentenois de répondre :

— Parce que un million n'est pas de trop pour lutter avec tous les épithalames et les chants de réjouissance qui retentissent au sud et au nord, à l'orient et à l'occident. Parce que tout le monde s'en mêle et que dans notre lyrique Normandie les poètes et les oiseaux gazouillent à l'envi. Je ne suis ni Malherbe, ni Bertaut, ni des Yveteaux ;

mais le rouge-gorge chante après le cygne, le rossignol et la fauvette.

Vive Henri quatre, Messieurs !

Est-ce là tout le bagage littéraire de Nicolas Chrétien ? Un vers baroque et ridiculisé mal à propos, un bout de dialogue barbare et familier, de bonnes intentions, de gros nuages et de petits éclairs justifieraient à peine, même aux yeux de ses compatriotes, la piété quasi-filiale du résurrectioniste. Le vrai titre du poète argentenois à l'indulgence de la postérité est son dernier ouvrage : *Les Amantes ou la grande Pastorale, en cinq actes et en vers, avec un prologue enrichi de plusieurs belles et rares inventions et relevé de cinq intermèdes à l'honneur des François. Dédié au Roi.*

L'auteur nous explique de la façon suivante dans sa préface la nouveauté de ses inventions et de ses intermèdes : « Sire », dit-il, au jeune Roi Louis XIII, « On ne peut offrir aux Rois des présents dignes de leur grandeur... Ces pauvres bergers apportent seulement leurs myrtes à l'ombre de vos sacrés lauriers ; leurs pudiques amours ne représentent que l'innocence, mais leur vertueuse constance les autorise à Votre Majesté..... leur naïveté a cru que, comme le chant libre des oiseaux dans le bocage est aussi mélodieux que les autres enseignés dans les riches cages, leurs libres chansons ne seraient pas moins plaisantes à Votre Majesté que les graves accents et les poèmes les plus polis des disertes Muses ; ils ont encore eu la subtilité de chercher un sauf-conduit pour être honorés de votre aspect. Ce sont de grands héros, vos prédécesseurs couronnés de trophées et riches des dépouilles des ennemis de vos fleurs de lis qui vous viennent faire hommage. Ainsi, ces pasteurs ont ménagé l'occasion d'avoir accès à Votre Majesté et conduire leurs troupeaux en votre faveur parmi vos gauloises campagnes, sous les victorieux chars de si précieux monarques. »

Chrétien n'a pas tort de vanter la décence et l'innocence de ses pasteurs. Ils ne manquent ni d'une certaine délicatesse, ni d'une certaine naïveté.

Mais le véritable pas en avant fait par l'auteur de la grande Pastorelle est dans la tentative vraiment méritoire et hardie de créer une poésie nationale en célébrant et en dramatisant les épisodes glorieux de notre histoire.

Les intermèdes ne sont pas rares dans les pastorales. L'ami Nicolas de Montreux en avait introduit quatre dans son *Arimène* (32), mais il avait eu soin de mettre en scène des épisodes de la fable. Les intermèdes de la *grande Pastorelle* sont au nombre de cinq : 1° La *conversion du roi Clovis ;* 2° la *prise de Compostelle par Charlemagne ;* 3° la *prise de Jhérusalem par Godefroy de Bouillon ;* 4° la *prise de Damiette par Louys, roy de France ;* 5° la *Pucelle d'Orléans ;* autant de chapitres des *Gesta Dei per Francos*.

Vingt-cinq ans après Chrétien, Desmarets, soutenant la même cause, fit aussi son Clovis (1634). Avait-il lu la préface de Chrétien, dont je citais tout à l'heure un fragment? Il la répète presque mot à mot, s'exposant au froncement de sourcils olympien du janséniste et impitoyable Boileau, qui plus tard enveloppait sous le même regard Clovis et la Pucelle, et l'on sait de quel œil il les voyait. Le « régent du Parnasse » accusait presque Desmarets de sacrilège pour avoir fait du merveilleux avec les anges et les démons, au lieu d'employer le vieux mobilier d'Homère, si meublant et si commode.

Peut-être Chrétien eût-il trouvé grâce devant lui pour avoir fait citer Homère et Orphée par Clotilde dans le premier intermède, mais quel coup de férule il eût reçu à propos de son Charlemagne, où saint Jacques, prisonnier dans son reliquaire, implore le ciel et Charlemagne son libérateur!

Si cet épisode éveille en passant le souvenir de l'un des vingt ou vingt-cinq poèmes épiques (33) plus ou moins inconnus qui encombrèrent les boutiques de libraires dans la seconde moitié du XVIIe siècle, je veux dire le *Charlemagne* de Louis Le Laboureur, n'est-il pas aussi comme un écho lointain de la *Légende des siècles?*

Le Tasse était fort en honneur au temps de Chrétien des Croix; les Normands se vantaient aussi complaisamment de leurs exploits en Terre-Sainte que de la conquête de l'Angleterre. Ils ont aussi leurs souvenirs glorieux à la « conqueste de Hiérusalem ». Le sujet du troisième intermède était indiqué à notre compatriote par un double sentiment d'orgueil national.

Le *Saint-Louis* n'a guère qu'un mérite, un grand, le choix du sujet. Cela ne suffit pas, hélas! aux petits poèmes non plus qu'aux grands. Le *Saint-Louis* du P. Le Moyne, composé cent ans plus tard, le seul des poèmes épiques éclos pendant toute la durée du XVIIe siècle « qui ressemble le plus à une épopée », suivant un critique compétent qui l'a peut-être lu, est aussi délaissé que la Henriade. On commençait d'ailleurs, en 1613, à se préoccuper de saint Louis dans le monde littéraire.

Les éditeurs de Vauquelin, les Marneftz, de Poitiers, dès 1545, avaient donné la première édition de Joinville, dédiée au Valois François Ier. L'avènement de la branche des Bourbons au trône de France ne pouvait manquer de raviver la mémoire de son auteur direct. Les Normands, qui vénéraient le sang de leurs ducs dans Blanche de Castille, avaient double raison de fêter saint Louis. Presque en même temps, Guillemot (1609) donna une nouvelle édition de Joinville (34), Bertaut lima et relima son hymne magnifique à la mémoire du saint Roi, et Chrétien « conduisit son troupeau sous le glorieux char d'un si précieux monarque ».

Il n'en était pas de même de Jeanne d'Arc, à

laquelle, depuis François Villon, les poètes ne pensaient guère, les Normands peut-être moins que tous autres et pour cause. Il leur semblait peut-être délicat d'évoquer le souvenir d'un martyre dont la capitale de leur province avait été le théâtre involontaire, mais, par quelque côté, la complice aveugle ou opportuniste.

Toutefois, si des tentatives ont été faites dans les premières années du XVIIe siècle pour mettre Jeanne d'Arc en scène, c'est à deux Normands que l'on doit cet acte de courageux et intelligent patriotisme.

Grâce aux savantes recherches de M. Tivier, recteur honoraire de l'Académie de Dijon, en ce temps-là professeur à la faculté de Besançon, nous connaissons l'auteur de la tragédie de *Jeanne d'Arques*, attribuée à un anonyme par les frères Parfait et la Bibliothèque du Théâtre-Français. Jean du Virey, sieur du Gravier, n'était pas né à Rouen si, comme je le suppose, l'auteur des *Macchabées* et de *Jeanne d'Arques* n'est autre que ce « noble boscain » dont parle Richard Séguin, anobli par le Roi pour sa vaillante conduite au siège de Blarue (?) et nommé par Matignon commandant de Cherbourg. Sa tragédie est médiocre, inférieure de tout point au *Mystère d'Orléans*, à peine supérieure à la fastidieuse pièce de Fronton du Duc, embarrassée d'une mythologie déplacée. Mais l'œuvre est d'un Normand prudent qui laisse dans le vague la fin de Jeanne d'Arc et le lieu de son martyre « pour pardonner aux Normands et pour céler le lieu de son désastre ; il a rigoureusement traité sa muse, retenant sa course dans une ample carrière, mais il reconnait privément que l'exécution fut faite en la place du Vieil-Marché de Rouen, combien qu'il n'en fasse mention dans aucun de ses actes. » Si l'œuvre dramatique est imparfaite, elle est l'effort d'un bon Français, d'un grand patriote, dont le nom mérite d'être tiré de cet oubli qu'il prévoyait, hélas ! quand il disait dans le prologue de sa tragédie :

« Mille et mille ont vécu,
Vrays rameaux de Mavors dont le nom est perdu,
Pour n'avoir rencontré quelque langue diserte
Qui pût les retirer d'une fatale perte. »

C'est encore à M. Tivier que nous devons la première connaissance de l'intermède de Chrétien des Croix « où l'on rencontre des expressions dont la fermeté concise fait penser à Corneille ». L'éloge, un peu excessif peut-être, est suivi d'une citation qu'il est bon de compléter.

Le petit drame de Chrétien est purement humain. Le merveilleux et le surnaturel demeurent dans le domaine intangible. Ni dieux, ni déesses, ni anges, ni saintes. Le dialogue est terrestre ; si Dieu est l'inspirateur et le soutien de Jeanne, il ne se montre pas sous une forme visible et se contente de lui souffler le courage, la confiance et le plus pur héroïsme. *Spiritus intùs alit.* Normand comme du Virey, Chrétien n'éprouve pas le même embarras. Il s'arrête en plein triomphe après la levée du siège d'Orléans.

L'action est des plus simple. Elle suit l'histoire en l'abrégeant.

La pièce débute par un monologue de Jeanne :

« Quand l'éternel ouvrier nous avertit d'un fait,
Il ne faut regarder, mais le mettre en effect.
Je doy donc, s'il le faut, de toute ma puissance,
Prudemment accomplir la céleste ordonnance.
C'est à luy d'ordonner, à nous de le suyvir,
A luy de commander, à nous de le servir.

Pucelle que je suis et de race petite,
Mais de sa main élue et de sa bouche instruite,
J'espère en ma faiblesse avoir trop de pouvoir
Pour accomplir son veuil et faire mon devoir.
Dieu de ce qui lui plaist se sert en ses ouvrages
Et qui le sert ne peut encourir de naufrages.

A la honte des grands au vice appesantis
Il élève en honneur les faibles, les petits,
En faisant sa faiblesse apparaitre immortelle
Entre les grands guerriers quand il est avec elle.
Qu'on ne s'étonne donc si, fille que je suis,
Je porte le cœur d'homme et plus qu'homme je puis. »

Jeanne va trouver le Roi qui, de son côté, se laissait aller à des pensées qui ne manquent ni de noblesse ni de grandeur. Ce n'est pas le Roi de

Bourges perdant gaiement son royaume, c'est le Charles VII de notre Mézeray « patient, libéral, affable, clément, remply de douceur et de tendre affection pour son peuple. »

« Verrai-je donc toujours sous la forte influence
Des destins courroucés misérable ma France?
... O bon Dieu, qu'est-ce cy? Si l'Etat des François
Appartient justement aux superbes Anglois,
Rendez-le leur (bon Dieu); si mien, je vous supplie,
Rendez-le moi, exempt du malheur qui le lie,
Car j'aime beaucoup mieux en être dépouillé
Que voir mon peuple occis et de guerre foulé.
Faites-nous donc, Seigneur, faites-nous la justice,
Ne nous punissez pas au prix de notre vice,
Sauvez le pauvre peuple innocent quelquefois
Et qui souffre le mal pour le mal de ses Rois. »

Le sire de Baudricourt interrompt le roi dans ses méditations. Il annonce l'arrivée d'une jeune paysanne :

« Fille de peu de nom, mais d'un vaillant effort.
...... C'est un miracle vrai. Sire, auriez-vous envie
D'ouïr cette pucelle et ses faits et sa vie?

LE ROI.

Qu'une fille ait l'honneur de ce que tant d'héros
Effectuer n'ont pu? Cela n'est à propos.

BAUDRICOURT.

Que Dieu ne puisse bien lui donner la puissance
De parfaire le fait? — ce n'est hors de créance.

LE ROI.

Pourquoi nous ferait-il un si étrange bien ?

BAUDRICOURT.

Pour montrer qu'il peut tout et les Monarques, rien.

LE ROI.

Un fait contre nature est toujours regrettable.

BAUDRICOURT.

Un fait contre nature est plutôt admirable.

LE ROI.

Il porte en lui souvent le mensonge inventé.

BAUDRICOURT.

Ce qui de Dieu provient est plein de vérité.

LE ROI.

Qui vous en fait juger ?

BAUDRICOURT.

— Le propos, la fierté
De la belle inspirée et sa simplicité.

LE ROI.

Un démon serait bien l'auteur de cette ruse.

BAUDRICOURT.

Il n'est point de démon qui se trompe et abuse.....

. . . .

LE ROI.

Une fille aurait donc plus que nous de vaillance ?

BAUDRICOURT.

Dieu exerce où il veut sa divine puissance.

LE ROI.

Une fille combattre !

BAUDRICOURT.

Et combien autrefois
En a-t-on vu combattre et défaire les Rois !

LE ROI.

Je ne croirai jamais une telle merveille

BAUDRICOURT.

Faut croire ce qu'on voit et qu'on oit par l'oreille.

LE ROI.

Une fille remettre en honneur notre état !

BAUDRICOURT.

Ce n'est pas une fille, ains c'est Dieu qui combat.

LE ROI.

Ce fait aussi n'est-il à son sexe contraire ?

BAUDRICOURT.

En tout sexe, en tout âge et en tout Dieu opère,
Mais il faut éprouver si le fait vient de Dieu. »

Baudricourt propose au Roi de se confondre dans la foule de « ses seigneurs » pour voir si la Pucelle le reconnaitra. Le Roi consent à l'épreuve. Jeanne entre et va droit à lui :

« Grand Roi, que vous sert-il vous citer en croyance
Que vous pouvez tromper de Dieu la connaissance ?
C'est lui qui donna jour à mes pudiques yeux,
Afin de vous connaitre entre tous vos beaux preux.
Que sert-il de vouloir contre Dieu se défendre
Puisqu'il rend accompli ce qu'il veut entreprendre ?
C'est vous qui êtes Roi, tel je vous reconnois
Bien que je n'eûsse vu votre front nulle fois. »

Elle déclare à Charles qu'elle le fera sacrer :

« Les parjures Anglois ennemis de votre heur
Vous ont jusqu'à ce jour empêché cet honneur,
Mais, malgré leurs efforts et leur rage félonne,
Vous me suivrez à Rheims recevoir la couronne,
Dieu le commande ainsi, grand Prince, il sera fait. »

Le Roi croit à la mission de Jeanne et commande de lui obéir :

« Prenez ce qu'il vous faut, commandez mes soldars,
Faites en l'air bouffer mes français étendards,
Tout vous doit obéir, à chacun je l'ordonne .»

Jeanne part en guerre et va faire lever le siège d'Orléans. La scène change. Nous sommes au camp des Anglais. Talbot tient conseil avec ses deux lieutenants, Glasside (Glasidas) et Jean Pomar (?). Celui-ci est tout feu et veut livrer bataille dans la plaine. Glasside, plus prudent, veut attendre l'ennemi dans « ses remparts ». Il émet cet aphorisme raisonnable, mais dépourvu d'enthousiasme :

« Qui combat sans danger et l'ennemi défait
A des secrets de Mars trouvé le plus parfait.
— C'est bien dit, —

réplique Talbot,

Attendons dedans nos forteresses. »

Arrive Jeanne qui commande l'attaque et se jette dans la mêlée. La pantomime remplace le dialogue. L'action est indiquée par ces seuls mots : « Combat. Siège levé. »

Jeanne revient triomphante sur le théâtre :

« Tout est mort, tout est pris ; leurs chefs et leurs enseignes
Gisent entrelacés sur les vertes campaignes ;
Les forts sont emportés, ceux dont ils furent faits
Gisent à l'entour d'eux, piteusement défaits,
La place est dégagée et la gloire rendue
A ceux qui bravement l'ont si bien défendue.
Dieu cet effort a fait, à lui en est l'honneur
Et le bien honorable au Roi, notre seigneur.
A jamais on dira : Jeanne, faible pucelle,
Sous la dextre de Dieu aux fidèles fidelle,
Par son commandement et par sa volonté
Délivra de servage Orléans, la cité,
Rendant le doux repos à la chétive France,

Au Roi l'État entier, au peuple l'assurance.
Miracle du grand Dieu non pareil sous les cieux
Qu'une fille ait commis cet acte généreux
Après avoir à Dieu rendu l'unique gloire
Comme à l'auteur divin de si belle victoire.....
Je conduirai dans Rheims Charles notre bon Roi
Pour le faire sacrer protecteur de la Foi.
Malgré les ennemis dont le félon courage
S'oppose à ma valeur, je ferai cet ouvrage,
Subjuguant le pays par eux conquis et pris.....
Ils en seront chassés jusqu'en leur Angleterre
Sans y rentrer jamais pour y faire la guerre.
Ainsi l'Anglois perdu par la grâce de Dieu
En France n'aura plus de pouvoir ni de lieu
Et par les preux français ma mort sera vengée
Et ma mémoire aussi d'opprobre dégagée.
Ainsi vivra mon nom comme vit de par moi
Ce généreux effet et l'honneur de mon Roi..... »

Cela n'est pas tout à fait du Corneille, mais on fait ce que l'on peut.

Ah ! si Corneille avait voulu ! Est-ce que le paroissien de Saint-Sauveur aurait eu des remords ou des scrupules ? S'il avait vu ! Ah ! Messieurs, j'ai quelquefois rêvé, en Normand glorieux, en Français insatiable, que notre grand Corneille, jetant au vent la défroque classique, revêtait une armure et sonnait, embouchant la trompette héroïque, la gloire de la patrie. Conséquent avec lui-même, il renouvelait au fond l'art dramatique dont il venait de créer la forme. L'admiration remplaçait partout la terreur. Horace et Cinna avaient suffisamment prouvé sa thèse, mais il laissait dormir dans le carton des histoires mortes Rodogune et Pulchérie. Il ne disputait pas aux écoliers de la rampe les prix de version grecque et latine... Dans mon rêve, Messieurs, une affiche magique rayonnait en lettres d'or : *Jeanne d'Arc, tragédie nationale par Pierre Corneille*.....

Dieu ne l'a pas voulu, Messieurs, pour laisser quelque renom à Sophocle et à Shakespeare.

NOTES.

(1) « Jodelle », dit son éditeur Charles de la Mothe, « était grand architecte, très docte en la peinture et sculpture, très éloquent en son parler », etc. Il énumère lui-même plus en détail ses divers talents :

> « Je dessine, je taille et charpente et massonne ;
> *Je brode*, je pourtray, je coupe, je façonne ;
> Je cizèle, je grave, émaillant et dorant ;
> Je tapisse, j'assieds, je festonne et décore ;
> Je musique, je sonne et poétise encore... »

(2) « J'entrevoy Baïf et Rémy,
Colet, Janvier et Vergesse et Lecomte,
Pascal, Muret et Ronsard, lequel monte
Dessus le bouc qui de son gré
Marche, afin d'être sacré
Aux pieds immortels de Jodelle,
Bouc, le seul prix de sa gloire éternelle
Pour avoir d'une voix hardie
Renouvellé la tragédie. »

(Ronsard).

(3) « Ramus, suivant une expression d'Estienne Pasquier, était par nature grandement désireux de nouveautés »..... il abolit, par exemple, l'usage passablement ridicule... de faire jouer aux enfants la comédie et la tragédie..... Plusieurs fois, en 1546 et 1547, les recteurs de l'Université eurent à examiner les plaintes des principaux et des régents contre Ramus qui, disaient-ils, « bouleversait le collège de Presles ». Touchante sollicitude pour un établissement qui n'avait jamais été si prospère. Il est vrai que cette prospérité coïncidait avec la décadence de certains collèges voués à la routine et dont les chefs s'en prenaient à Ramus. Celui-ci fut poursuivi pour ce fait par le P. Galland jusque devant le Parlement, et, s'il fut acquitté, il le dut à l'archevêque de Rheims, qui assistait à la séance.

(Ch. Waddington, *Vie de Ramus*, p. 64 et 66).

(4) « Cléopâtre fut jouée devant le roy Henry II avec de grands applaudissements de toute sa compagnie et, depuis encore, au collège de Boncourt, où toutes les fenêtres étaient tapissées d'une infinité de personnages d'honneur et la cour si pleine d'écoliers que les portes du collège regorgeaient. Je le dis comme celuy qui y estoit présent avec le grand Tournebus en une même chambre. »

(Etienne Pasquier, *Recherches de la France.*)

En 1652, Vauquelin avait seize ans Il avait été « envoyé à Paris par sa mère pour étudier sous Buquet, sous Turnèbe, sous le cicéronien Muret » et n'en était point encore parti pour Poitiers,

« Di que ne passant point encor dix et huit ans
Grimoult, Toutain et moi pourvus d'un beau printans
Nous quittâmes Paris. »

(V. Julien Travers, *Essai sur la vie et les œuvres de Jean Vauquelin de La Fresnaye :* — V. Vauquelin de La Fresnaye, *Œuvres.*)

(5) R. P. Delaporte (S. J.), docteur ès lettres. *L'Art poétique*, de Boileau, commenté par Boileau et ses contemporains (t. II, p. 245).

(6) « GUILLAUME TASSERIE (1520 ou 1521) a écrit en rime par personnages *le Triomphe des Normans*, traitant de l'immaculée conception Notre-Dame, imprimé à Rouen. in-8°, sans date » (Fr. Parfait, t. II, p. 233).

— « *Le Triomphe des Normands*, traictant du mystère de l'immaculée conception, par personnages. 1518, de Guillaume Tasserie. »

(Id., t. III, p. 6).

— « THOMAS LE COQ, prieur de la Ste-Trinité de Falaise, etc.

« *L'odieux et sanglant meurtre commis par le maudit Caïn à l'encontre de son frère Abel*, extrait du quatrième chapitre de la Genèse, tragédie morale à 12 personnages, avec un prologue et un épilogue, sans distinction d'actes ni de scènes. Paris, Nicolas Bonfonds, 1580, in-8°.

« Cet ouvrage est absolument dans le goût de ces mystères ou moralités que Jodelle avait eu le *bonheur* et l'*habileté* de bannir de notre théâtre, etc. »

(Bibliothèque du Théâtre-Français, t. II, p. 240.)

— JEAN BEHOURT, régent du collège des Bons-Enfants, à Rouen, auteur du rudiment intitulé le *Petit Behourt*. Suivant les frères Parfait, les comédiens n'ont jamais fait usage de la *Polyxène*, d'*Hypsicratée* et d'*Esaü*, représentés au collège où il « régentoit ». La *Polyxène* (septembre 1797) eut une certaine célébrité (Voir le sonnet laudatif de Jacques de Champrepus, adressé à Mgr de La Marzelière).

— JACQUES OUYN, de Louviers, n'est connu que par son pèlerinage à Rome, sa dévotion et sa tragi-comédie de *Thobie*, en cinq actes, en vers, sans distinction de scènes, tirée de la Sainte-Bible et dédiée à Madame du Roullet.

Rouen, Raphaël du Petit-Val, 1606. — Privilège du 4 novembre 1597.

(Fr. Parfait, t. III, p. 533. — Bibl. du Théâtre-Français, t. I, p. 316).

(7) — Jean de Hays, né au Pont-de-l'Arche, conseiller et avocat du Roi au bailliage et siège présidial de Rouen.

— *Cammete*, tragédie en 7 actes, avec des chœurs. Théodore Reinsart, 1598.

— *Amarylle* ou *Bergerie funèbre*, en vers, à 4 personnages, sur la mort de M. de Villars, amiral de France. Rouen, Raphaël du Petit-Val, 1595, in-12.

(Fr. Parfait, III, 527.— Bibliothèque du Théâtre-Français, I, 299.)

Jacques du Hamel, avocat au Parlement de Normandie.

— *Acoubar*, ou *la loyauté trahie*, tragédie tirée des Amours de Pistion et de Fortunie, en leur voyage du Canada, avec des chœurs, dédiée à Philippe Desportes, abbé de Tyron. — 1586, in-12. — 1603, in-12. Raphaël du Petit-Val. — 1611, id.

Acoubar est la seule pièce attribuée à Du Hamel par la Bibliothèque du Théâtre-Français, avec la *Lucelle* de Le Jars, mise en vers. Les frères Parfait lui attribuent un *Sichem ravisseur*, en 1600.

Est-ce le même que le *Sichem* de François Perrin d'Autun, signalé par la Bibliothèque du Théâtre-Français? Si l'on croit les *Anecdotes dramatiques*, il y eut deux *Sichem* : « *Sichem*, tragédie de François Perrin, 1589, et *Sichem le ravisseur*, tragédie de Jacques du Hamel, 1600. » Ce serait cette dernière que la Bibliothèque du Théâtre-Français signalerait faussement comme une seconde édition du *Sichem* de Perrin, imprimée chez Raphaël du Petit-Val, en 1606.

(8) « Un apothicaire ne doit pas, il s'en faut, être un

homme commun. Le roi Mithridate était apothicaire, la reine Arthémise était apothicaire et le grand père du père de l'apothicaire Mesvé était roi de Damas. Un apothicaire doit être riche, ce qui n'est pas très commun ; il doit en même temps être bien tourné, leste, adroit, ce qui n'est pas très commun ; il doit être en même temps jovial, gracieux, discret et sage, ce qui n'est pas très commun, enfin j'ajouterai que d'un homme qui n'a pas accompli son an d'apprentissage ou, si vous voulez, son temps d'études et d'exercice, qui n'a pas ensuite été examiné, admis et reçu par le corps des apothicaires, présidé par un commissaire de la faculté de médecine, le roi peut à sa volonté en faire un comte, un duc, un maréchal de France ; mais il ne peut en faire un maitre apothicaire. »

(AA. Monteil, *Histoire des Français des divers États*, XVIe siècle, station XVIII. *Le latiniste de Montpellier*).

Voir sur Albin Gaultier et Riqueur les études de nos savants confrères MM. de Beaurepaire et de La Sicotière.

(9) Les aventures du « Bandolier » Montchrétien de Vatteville, fils d'apothicaire, sont connues. Ses œuvres le sont moins. Une nouvelle édition de ses tragédies a paru en 1891, chez Plon et Nourrit, avec notice et commentaire de M. Petit de Julleville.

On sait que lorsqu'en 1602 Montchrestien fut exilé à la suite d'un duel malheureux, le roi Henri IV fut inexorable et maintint la sentence d'exil malgré l'éloquente supplique du poéte. Qui sait si les vers de l'auteur de *David* n'étaient pas parvenus, mal sonnants, jusqu'aux oreilles du vert-galant ? — Imprécations d'Uric.

« Mariage sacré, source du genre humain,
Qui rends doux les travaux du cœur et de la main,
Qui détrempes l'absinthe au miel de tes délices,

Par toi nous jouissons du plaisir défendu,
Par toi l'homme mortel immortel est rendu,
Bref il est fait par toi moins accessible aux vices...
...La femme belle et chaste est un don précieux...

« Mais garde bien surtout des œillades des Rois;
Leur désir effréné n'admet aucunes lois;
L'appétit inconstant, non la raison, les guide;
Quand l'amour a gagné dans leur affection
Tout respect cesse en eux et lors leur passion
S'emporte à tous forfaits comme un cheval sans bride. »

(Chœur du 2e acte.)

Et *passim.*

(10) — LE SAULX D'ESPANAY, oublié dans la plupart des biographies normandes — mentionné par les frères Parfait, Th. Lebrethon et Madame Oursel.

« Sachez que dans trois jours
J'ai parfini le cours
De cette œuvre amoureuse,
Pour plustôt la donner
A la mort ténébreuse
Que de l'abandonner. »

(Fr. Parfait, t. III, p. 369.)

Voici la fin du compte-rendu d'*Adamantine* : « Il ne reste plus que la reine Garamante pour faire enterrer tous les personnages. Peut-on refuser à ce poëme le nom de tragédie »? — Non sans doute, mais on ne saurait guère lui conserver le doux titre d' « œuvre amoureuse ».

— PIERRE TROTTEREL, sieur d'Aves.

« Il faut, lecteur, que je te die
Que je demeure en Normandie.
Le lieu de ma nativité
Est près de Falaise, du côté
Où le soleil commence à luire
A l'opposite du zéphire. »

L'ANCIEN THÉATRE FRANÇAIS. Daffis, éditeur, Paris. P. Janet, libraire, 1856, a réimprimé *les Corrivaux*. Le Théâtre de Trotterel mériterait une étude particulière. Toutefois, il faudrait marcher dans les allées, l'auteur étant fort libre, même aux yeux des lecteurs habitués aux grossièretés de Schelandre, de Véroneau et autres. Le falaisien Trotterel est digne de donner la réplique à son contemporain le Sagien Gaultier-Garguille. Les Bas-Normands de ce temps-là parlaient gras. Il n'est pas jusqu'à Malherbe chez qui l'on pourrait trouver un couplet pour un Parnasse satyrique, s'il est vrai, comme certains l'en accusent, qu'il ait collaboré au *Dialogue* de *Gautier* et de *Robinette* (chanson de Gaultier-Garguille, ch. XL).

(11) ULYSSE, Tragédie de Jacques de Champrepus, 1600 (Fr. Parfait). *Œuvres poétiques* de Jacques de Champrepus, gentilhomme bas-normand, publiées et annotées par Marigues de Champ-repus, capitaine d'état-major, chevalier de la Légion d'honneur, membre de plusieurs Sociétés savantes. — Paris, librairie Bachelin-Deflorenne, rue des Prêtres-Saint-Germain-l'Auxerrois, 14. — 1864. — in-12, XXIII-184 pages.

(12) « Il (Nicolas de Montreux) passa une grande partie de sa vie à Paris, où il s'occupa à composer des romans et des pièces de théâtre..... Il commença à composer dès l'année 1077, et presque d'année en année donna divers ouvrages jusqu'en 1708. Il y a grande apparence qu'il mourut vers ce temps. Car un génie comme le sien n'aurait pas resté un an sans donner des marques de sa fertilité. »

(Fr. Parfait, t. III, p. 479.)

L'*Arimène* fut représentée le 25 février 1596, en présence du duc de Mercœur, à qui elle est dédiée.

(13) 1567. — « Payé à Me Gilles Potier et à Me Nicolas

Letellier, prêtres, commys « recteurs » des enfants de cette ville (Argentan)... la somme de 20 livres tournoys pour demie année de leurs gages. — ...Gilles Potier demeura jusqu'à sa mort, qui arriva vers 1585, « régent des écoles d'Argentan. » A partir de 1570, Joseph Dutertre lui fut adjoint... A été payé à Mes Christophle Loisel, Jehan Loison et Joseph Dutertre, régents dudit collège, pour une année de leurs gages (1586) à raison de 40 écus par an... En 1587, les « régents du collège d'Argenthen » étaient au nombre de quatre. Me Jacques Morand enseignait avec ses trois collègues.

Voici le distique qu'on lit en tête de l'édition de *Rosemonde :*

Ad D. Dominum Christianum

Gallica cum scribas doctaque poemata passim,
De viridi lauro nostra Camœna beat.

G. P. Argentinas.

(14) — « *Jephté*, tragédie traduite de Buchanan en vers françois, par Florent Chrétien, imprimée chez Robert Étienne, en 1573... Il y a trois autres tragédies de *Jephté*, *la première de Chrétien des Croix*, la seconde de Venel, en 1676, et la troisième de M. Boyer, représentée avec succès en 1692. »

(Biblioth. du Théâtre, 1733.)

La Bibliothèque du Théâtre-Français (t. III, p. 241) signale aussi trois traductions du *Jephté* de Buchanan. La 1re, par Jean Brinon, l'auteur des jolies stances à Montchrestien sur ses tragédies. Paris, Osmont, 1614. La 2e, par *Claude de Verel*, gentilhomme françois (le Venel de tout-à-l'heure). Paris, *Robert Étienne*, 1566. La 3e, par Florent Chrétien. Orléans, Louis Rabier, 1567.

On voit combien il est difficile de se reconnaître dans une pareille confusion, au sujet d'un point d'ailleurs si peu important dans l'histoire littéraire.

(15) *Histoire de la littérature dramatique en France depuis ses origines jusqu'au Cid*, par H. Tivier, professeur de littérature française à la faculté des lettres de Besançon. Paris, Ernest Thorin, 1853, in-8°, 632 p.

(16) L'*Histoire des Naufrages* rapporte qu'en l'an 1552, Emmanuel Sousa de Sepulveda, noble portugais, gouverneur de la citadelle de Din, sur la côte du Malabar, s'embarqua avec sa femme Éléonore de Sa, ses enfants et une nombreuse suite, pour revenir en Europe. Après s'être embarqué à Cochin et avoir fait escale à Coulan, il fut assailli par la tempête et poussé sur la côte orientale d'Afrique, où il fit naufrage. D'abord bien accueillis par un roi nègre, les naufragés poursuivirent imprudemment leur route, malgré les avertissements et les remontrances de leur allié. Trompés par le chef d'une autre tribu, qui leur fit livrer leurs armes et finit par les dépouiller de tous leurs vêtements, ils moururent de honte, de misère, de faim et de soif. Éléonore, pour couvrir sa nudité, s'enterra à moitié dans le sable, et quand son mari la vit morte ainsi que ses enfants, il acheva de lui donner la sépulture et s'enfuit dans le désert pour mourir à son tour. L'infortune de ces Portugais eut son tragique dénouement en 1553.

(17) La Bibliothèque du Théâtre-Français indique *Amnon* comme la seconde tragédie de Chrétien, mais l'ordre dans lequel les pièces sont louées dans les précis liminaires et les progrès du style font penser que *Rosemonde* précéda *Amnon*.

(18) — « CAVALERISSE. » — Vieux mot tiré de l'italien, qui signifiait autrefois un écuyer, un maître de manège, celui qui était savant en l'art de dresser et de gouverner les chevaux. — *Equitandi magister*.

(19) Voir tout l'intéressant article de M. du Motey.

Voici le proverbe cité par Thomas Prouverre : Il faut voir le *sacre d'Angers*, l'*ascension de Rouen* et la *frairie d'Argenian*.

— Les Jacobins pouvaient aussi bien prêter leur salle en 1600 pour jouer *Rosemonde* qu'en 1788 ou 1789 pour jouer *Polyeucte* et le *Médecin malgré lui*.

(20) Le Forestier, qui vis, comme unique Phænis,
Comme un autre Anacharse en ta Sparte petite,
En ton Bellou plaisant où la Muse t'incite
A voir du Mont-Sacré le gentil Olenis ;
Cependant loin de toi les vices tu banis ;
Comme toujours au nord tourne la calamite,
Toujours à la vertu ta Muse nous incite
Et rend les bas esprits aux hauts esprits unis,
Un rude naturel les Muses adoucissent ;
De l'horreur du forfait tousiours elles rougissent
En les suivant on fait tout vicieux penser.
Moi,quand j'aurai l'anneau de Gige ou d'Angélique
De Pluton la salade ou quelque autre art magique,
Je ne voudray jamais un seul homme offenser.

(Vauquelin La Fresnaye, sonnet 4.).

— Voir, pour le procès des légitimés Dupont et le témoignage de Simon Leforestier, le Cte de La Ferrière. *Hist. d'Athis*, p. 339 et suiv.

(21) Almachilde sort du bain, soucieux. Il est agité de pressentiments sinistres.

« Trois gouttes d'un sang noir de son nez sont sorties. »

Il a été pris d'un malaise et d'un étourdissement.

ROSEMONDE. — Il faut prendre du vin qui chasse la tristesse
Et bannit loin du cœur la débile faiblesse.

ALMACHILDE. — Oui, je voudrais bien boire

ROSEMONDE. — Or sus, je vous apporte
De la douce liqueur qui le cœur réconforte ;
Prenez donc cette coupe et maintenant buvez.

ALMACHILDE. — Beaucoup, pour avoir bu, très mal se sont trouvés.

ROSEMONDE. — Ne craignez rien, buvez ; un gracieux breuvage
Renforce bien souvent un malade courage.

ALMACHILDE *(buvant)*. Ce vin-là n'est pas bon.

ROSEMONDE. — C'est donc que votre goût
Volontiers est changé.

ALMACHILDE. - Hé ! comme cela bout
Dedans mon estomac !

ROSEMONDE. — C'est le mal qui se change,
Pourquoi vous ne devez trouver cela étrange.

ALMACHILDE. - Ha ! c'est de la poison.

ROSEMONDE. — Que dites-vous ? Bons dieux !

ALMACHILDE. — Tu m'as empoisonné.

ROSEMONDE. - O l'accident piteux !
Croyez-vous bien cela ?

ALMACHILDE. Si tu ne bois le reste,
Je le crois.

ROSEMONDE. — Je n'ai soif.

ALMACHILDE. — O dangereuse peste !
Sus, sus, vous le boirez.

ROSEMONDE. — J'ai bu vous l'apportant,
Ma soif est étanchée.

ALMACHILDE. — Il faut boire pourtant.
Çà, çà, méchante louve, ouvre ta bouche infâme.
O malheureux celui qui se fie à sa femme !
Bois donc tout prómptement.

(22) « Mlle Beaupré avait plus de talent et de mérite que l'auteur de la lettre (sur Molière) ne lui en attribue. C'étoit, suivant le témoignage de M. de Ségrais, une excellente comédienne dans son temps, qui a joué aussi dans les com-

mencements de la réputation de M. Corneille. — Elle disoit, ajoute-t-il, en parlant de cet illustre poète : M. Corneille nous a fait un grand tort : nous avions ci-devant des pièces de théâtre pour trois écus, que l'on nous faisoit en une nuit, on y étoit accoutumé et nous gagnions beaucoup. Présentement les pièces de M. Corneille nous coûtent bien de l'argent et nous gagnons peu de chose. Il est vray que les vieilles pièces étoient misérables, mais les comédiens étoient excellents et ils les faisoient valoir par la représentation. »

(Fr. Parfait, t. V, p. 29-30.)

Le jeune Corneille répondait fièrement et justement à la Beaupré : « Monsieur de Rotrou et moi, ferions vivre des saltimbanques. »

(23) Le style du *David* est bien supérieur à celui d'*Amnon*. Il y a dans les deux pièces un rôle de courtisan dont le caractère est bien suivi. Toutefois *Jonatas* est plus complet que *Nadab*.

(24) Dans la *Comédie des comédiens*, de Scudéry (1634), Bellefleur répond à M de Blandimare quelles pièces les comédiens sont en état de représenter : « Toutes celles de feu Hardy. »

(25) Dans la tragédie de Montchrestien, David finit aussi par des stances qui sont la paraphrase du *Miserere :*

J'ay péché contre toi, ma faute criminelle, etc.

(26) Comme œuvre lyrique, les lamentations d'Antigone et d'Ismène sont fort belles, touchantes sans aller au fond du cœur. Plus de rhétorique que de philosophie. Plus d'esprit que de sentiment. Combat d'antithèses. Modèle de ces parties de volant où les interlocuteurs se renvoient les distiques

et les hémistiches. Plus sérieuses, les imprécations d'Electre et d'Oreste ont une grandeur sauvage mais ne respirant que la vengeance. Après le sacrifice d'Iphigénie, les regrets d'Agamemnon sont bien courts :

> δύναι, δυγατρός ἕνεκ' ὄλβιοι γενοιμεθ' ἄν
> Εχει γάρ ὄντως εν δεοΐς ομιλιαν

Il promet bien d'en dire plus long une autre fois, mais il en reste là et souhaite le bonsoir à sa femme : γένοιτό σοι καλῶς.

(27) N'est-ce pas à une représentation d'*Amnon* que l'auteur chargé de dire : « C'en est fait, il est mort », commit cette bévue légendaire : « C'en est *mort*, il est *fait* » ?

Après avoir tué son frère, Absalon dit au 5ᵉ acte :

> « C'en est fait, il est mort, et mon âme respire », etc.

(28) Voir le livre de M. Ludovic Celler. — *Les origines de l'opéra et le ballet de la reine*. Paris, lib. Didier, 1861.

(29) Le duc de Mercœur, qui avait hérité de sa tante, Marguerite de Lorraine, des châtellenies d'Argentan et d'Exmes, fit un séjour assez long en 1600 dans ses domaines d'Argentan. C'est justement en ce temps que Chrétien des Croix animait les théâtres d'Argentan en attendant l'heure de les ensanglanter.

(V. abbé Laurent, *Histoire de St-Germain d'Argentan*, p. 199.)

(30) Le public, comme toujours quand on flatte la bête, s'amusait énormément aux tabarinades, aux turlupinades et aux premières chansons de Gautier Garguille. Il a fallu toute l'énergie, tout le génie de Corneille et toute l'honnêteté de Rotrou pour faire goûter au public l'assaison-

nement du sel attique. Les comédiens eux-mêmes rougissaient des exigences des spectateurs. Vers 1610 ou 1615, Des Lauriers Broscambille fit ce singulier discours de rentrée : « Pour ne laisser notre théâtre vide de prologues, je plaideray la cause des comédiens..... Reste la dernière objection de nos destructeurs qui disent qu'encor et de deux maux eslisant le moindre, nos représentations tragiques et comiques sembleroient intolérables, mais qu'une farce garnie de mots de gueule gâte tout, et que d'une playe contagieuse elle pourrit nos plus belles fleurs. Ah ! vrayment pour le regard, je passe condamnation. Mais à qui en est la faute ? A une folle superstition populaire qui croit que le reste ne vaudrait rien sans elle et que l'on n'aurait pas de plaisir pour la moitié de son argent. Dès à présent, nous y renonçons et protestons de l'ensevelir dans une perpétuelle oubliance, si vous le voulez. Elle ne nous sert que d'un faix insupportable à notre renommée, encore que je puisse dire avec vérité que la plus chaste comédie italienne soit cent fois plus dépravée de paroles et d'actions qu'aucune d'icelles, et que notre patrie nous soit beaucoup plus marastre qu'aux étrangers par ce sinistre jugement. » Les Italiens s'excusaient sur *l'art*. Il faut lire dans l'ouvrage de M. Moland le canevas des pièces jouées par « sainte » Isabelle Andréoni pour se faire une idée des libertés du théâtre italien.

Au reste, rien de nouveau sous le soleil. Si le théâtre de second et de troisième ordre, poussé aujourd'hui par le goût du public, semble en revenir aux grossièretés de son berceau, l'Italie va toujours devant dans le chemin boueux de la licence. — « J'ai vu jouer à Rome », dit l'auteur d'une étude sur le journalisme en Italie, insérée dans le *Correspondant* du 25 janvier 1891, « les *Cloches de Corneville* d'une façon hideuse et révoltante. Plusieurs des artistes auraient pu être arrêtés séance tenante pour outrage public à la pudeur et outrage aux bonnes mœurs. Dira-t-on que j'exagère ? Voici ce qu'écrivait dernièrement M. d'Arçais, le chroniqueur théâtral le plus connu de l'Italie, mort il y a quelques semaines : — « Il faut avouer qu'à Naples et en général dans les provinces méridionales, les représentations d'opérettes sont parvenues à un degré d'obscénité dont on n'oserait se faire une idée dans les autres provinces d'Italie. L'opérette, qu'elle soit de Suppé, de Lecoq ou d'autres, n'est plus qu'un prétexte aux plus immondes turpitudes. »

(31) Les types de la comédie italienne se retrouvent tous dans le *Ravissement de Céfale*, bien que les noms soient changés. Voici un échantillon du dialogue entre l'un des Janni (le berger Frontolin) et le capitan (Briarée). Les propos de gueule donnent la réplique aux vantardises de galanterie :

BRIAREI. — Mais comme moi Mars souvent nous fait croire
Combien puissante est de l'amour la gloire.
Ne le sçais-tu, fidelle Frontolin ?

FRONTOLIN. — Je sçay bien mieux congnoistre le bon vin
Une cuisine et la marmite pleine
Que vos amours que le grand diable entraine.
Qui meurt de faim ne peut faire l'amour.
Qui fait l'amour doit manger nuit et jour.
Allons manger quelque friand potage
Pour engraisser l'amour et le courage.
L'amour ne va l'estomach repaissant
Et sans le pain l'amour est languissant.

BRIAREI. — Puisque tu es si brutal de nature,
De tes troupeaux prends doncques la pasture.

FRONTOLIN. — Mais puisque rien vous allez poursuivant
Repaissez-vous de ce rien et de vent

J'en passe et de semblables. La conversation continue et s'échauffe :

FRONTOLIN. — Quels beaux désirs de tromper les mains fines !

BRIAREI. — Plus beaux cent fois que ceux de tes cuisines.

FRONTOLIN. — La cuisine est bonne et grasse souvent
Et mainte fille est maigre comme vent, etc.

(32) Le sujet de l'intermède du premier acte est l'*Escalade du ciel par les Géants*; celui du 2e acte, l'*Enlèvement d'Hélène*; celui du 3e acte, la *Délivrance d'Andromède*; celui du 4e acte, la *Descente d'Orphée aux Enfers*.

(Biblioth. du Th.-Franç., t. I, p. 266.)

(33) Voir, pour toute cette querelle entre les anciens et les modernes du temps de Boileau, les 3 gros volumes du P. Delaporte, sur l'*Art poétique* (*passim*). Il énumère (t. II, p. 425-426) vingt-quatre poèmes épiques, publiés de 1653 à 1687.

(34) Voir pour les éditions de Joinville la note de M. Ambr. Firmin-Didot, au-devant de l'édition de 1859.

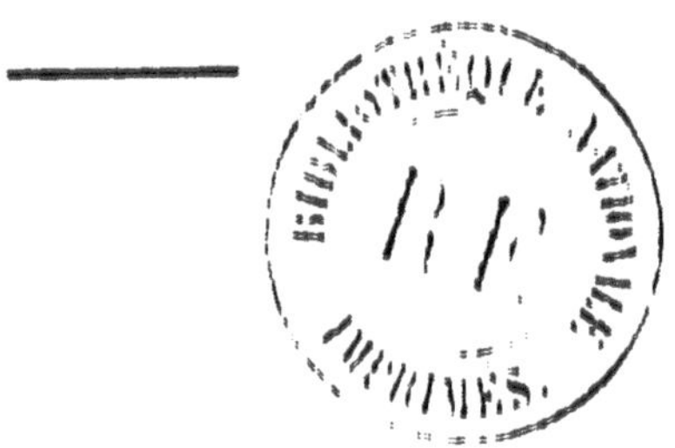

Caen. — Imp. Henri Delesques, rue Froide, 2 et 4.

www.ingramcontent.com/pod-product-compliance
Ingram Content Group UK Ltd.
Pitfield, Milton Keynes, MK11 3LW, UK
UKHW020211200726
13856UKWH00004B/1320